幸せのおまじない

竹井 陽子

文芸社

まえがき

　1999年11月13日、義父が急性心不全で他界しました。それからの事は、あまりにもめまぐるしく、大変だったという事でしか覚えていません。

　人は生きる限り、故意にあるいは無意識に人を傷つけ、また、傷つけられて生きていきます。そして、何気ないひと言や行いがいつまでも、記憶の奥底で生き続けたりするのです。

　持って生まれた性格のせいなのか、それとも、義父の死からの疲れのせいなのか、今の私にはわかりません。

　ただ、ふと気が付いた時、私の心は病んでいました。原因不明の貧血や、ソワソワとワケもなく不安になったり、涙がでたり、血の気が引くような感じは常にありました。ドクターショッピングの末、初めて精神科の門をくぐりました。そこで、自律神経がズレてしまった事、不安神経症である事がわかりました。安定剤をもらいましたが、ましにはなるものの、完治はしませんでした。

　そして、私は、カウンセリングという道を選択

したのです。精神科と並行してのカウンセリングでしたが、ここで私は大きな大きな拾い物をしました。

そこでの４ヶ月は、私の一生の宝物です。

世間での誤った見解を正します。

催眠は決して怖いものでも、人をコントロールするものでも、ましてや人を傷つけるものではありません。そして、もう１つ、意識ははっきりとあります。

上手く言えないけれど、自分の無意識の中のポカポカとした優しい気持ちに、全身が満たされる感じです。正しい催眠法を使っているカウンセラーならば、催眠が終わった後、涙がでるほどの安らかな気持ちに満たされているでしょう。

私の詩は、カウンセリングの後に書いたものが多く、それ故、なぜか、全てをまるごと受け入れられる、寛容な人間のように思われそうです。

でも、実際の私は日々葛藤しつつ、それでも、カウンセリングの効果か、ダメな自分を最近では愛しく思います。

私もあなたも人として、欠点だらけの人として

生まれたのですね。傷付けたり傷付いたり、許したり、許されたりしながら生きていくしかないのですね。

　自律神経がズレた事は、神様からの最高の贈りものです。

　神様が私に教えてくれた事、それは、〝苦難は不幸ではない〟という事です。

子 宮

私を一人にしないで
誰か　私を抱きしめて
抱きしめられても　不安だよ
気が遠くなりそうだよ
どこにいけば安心できるの
どこにいけば不安がなくなるの
できるなら
もう一度
母の子宮に戻りたい
母の子宮で眠りたい

タンポポ

庭の向こうの雑草に　タンポポ

必死に咲いている

庭にきちんと並んだ花もきれいだけど

自由に力強く咲いてるタンポポが好きだ

私も力強くありたい

自由な心でありたい

夢の中

暗い部屋のすみっこでじーっと座っている子供
私の子供
泣きもせず　じーっと座ってる
誰かが言う
〝この子はただ、じーっと待つことしかできないんだよ〟
誰かが言う
　〝待ってるんだよ〟
目が覚める
横で寝てる子供
君の心の孤独が少し見えた
元の私に戻るのを
ひたすら待っているんだね
がんばるよ　　死なないよ
―私の闘いがはじまった―

休 息

体が疲れたって言ってるよ

心が疲れたって言ってるよ

そんな時は力を抜いて　休ませてあげよう

色々な事を考えている頭

キリキリ痛んでるお腹

よく動く手も足もみーんな

ご苦労様

ありがとう

疲れたね。そんなに疲れるまで働かせてごめんね

大きく息を吸って　大きく吐いて

涙もポロポロ

でも　とってもいい気分

私の体と心　全部が疲れたよーって言ってるね

みんな　まるごと愛してるよ

だから　ちょっとだけ休もうか

体も心も　休もうね

生

色々な事があったね

もういいじゃない

フル回転してるその頭の中

大した事考えてない

もうやめようかな

考えても　答えなんてでない

だって答えなんてないんだもん

一生考えてもダメだよ

だったら　もう　やめよう

私は生きてる

空があって　山があって　太陽があって

その下で生きてる　私

生かされてる　私

それだけだよ

空が高くて気持ちいいね

心地よさ

何が見えますか？

何が聞こえますか？

車のクラクション　食洗器の音　子供の泣き声

でもね

もっと　よーく　耳を澄ませてみて

ほら　聞こえるでしょ

風の音　鳥の声　子供達の笑い声

見えるでしょ

空の青が　木の緑が

心地いいね

自然の中では　この世の中では

ちっぽけな　私だけど

私が感じてる心地よさは

大きな物を感じてる

許　し

許してあげようと思った
許してもらおうと思った
私が傷ついた分　私もきっと色んな人を傷つけてる
そう思った
涙がでてきた
数えきれない程のごめんなさいという気持ち
気づいた自分がうれしかった
ちょっと　ほめてあげよう
自分を大切にしてあげよう　他人も大切にしよう
できなかったら……
何度も許してもらおう
そして　何度も許してあげよう
きっと　そんな私を神様が見ていてくれる
にっこり笑って見ていてくれる

Mother

長い間　できなかった事がある
Good-bye Mother
あなたの側は安心できて
結婚しても　子供ができても
ずっとあなたを求めてた
　　　でもね
Good bye Mother
私はあなたの側を離れて
主人の手をとる事にします
主人と子供の手を握りつづけて
一緒に転んで　一緒に起きて
そして　にっこり笑ってみせる
ありふれた言葉だけど
Thank you Mother
ありがとう

傷

人を傷つけてしまった人
人に傷つけられた人
その事で苦しんでるなら
もう自分を許してあげようよ
苦しんだんなら　もういいよ
そんなに自分を責めないで
あの時は　ああするしかなかったんでしょ
みんなが許してくれないなら
せめて自分が許してあげよう
裁きをうけるかもしれない
でもね　救いは　どんな人にもあるはず
もし信じられないなら
必ず時間が過ぎていくから
その苦しみの中にある〝愛〟に気がついて

お母さん

いいお母さんになるって難しい
腹もたつし　体調だって悪い日もある
子供に当たってしまう事もあるよね
だって　私達　神様じゃない
いつも両手を広げて　ほほえむ事なんて　できないよね
私を見て学んでくれたら　それでいい
人間臭さや　欠点や
でも　根底にある〝愛〞も気づいてね
私はあなた達を愛してる
〝うるさいなぁ—〞とか〝一人になりたい〞って
思う時もあるけど
いつもじゃないよ　たまにだよ。
たまにだから　まぁ　いいよね

守りたい

一番　大事な物を守る時
それ以外に大事な物全部
捨てる時もある
　　それでも　どうしても守りたい
誰を傷つけても守りぬきたい

ダーリン

私の大好きな人が泣いている
お酒を飲んで泣いている
　　切ないね
私にあなたは救えない
あなたは私に救いを求めてない
明日の朝　あなたは又いつものあなたに戻るだろう
だから　そのために　今　涙を流してる
　　私も付き合おう
よくわからないけど　そう思った
一緒に飲んだら悲しみが少し伝わってきた
　　切ないなぁ
生きてるって切ないなぁ

故　障

私は一度壊れました
今　修理中です
外傷じゃないから大変です
心に傷がついたんです
でも　大丈夫
もうすぐ　直ります
絶対　直ります

不 安

もう大丈夫かなぁ

やっぱりちょっと不安です

死ぬ程つらい思いをしたから

又　そうなるのが怖いなぁ

人間って弱い

体が病気になると心まで弱くなる

　反対もあるよね

あがいて　もがいて　沈んでいく

だったら　力を抜こうかな

そしたら　ぷわ〜んと浮いてくるかな

心の中

苦しんでるのは　私だけじゃない
そんな事でホッとする　自分が少しイヤだ
私よりもっと苦しんでる人を見て　なぐさめられてる
〝私なんて　まだ　マシだ〟
心が　つぶやいている
これが　私の弱さかな
これが　人間の愚かさかな

死のうかな

死のうかなって思った

もう　疲れたなって思った

色々な事がありすぎて

生きているのがイヤになった

でも　神様からお呼びがかからない

神様の側に行きたくても　呼んでくれない

呼んでくれないのに行ったら

おしかけ女房みたいだよね

困っちゃうよね

もうちょっと　生きてみるか

神様が〝おいで〟って言ってくれるまで

もうちょっと　がんばろうかな

自然体

思うように体が動かない
どうしようかな
動かさないでおこう
無理に動かすのもいいかもね
でもダメだ
余計につらくなる
いつか動くようになるよ
流れに逆らわず
体の叫びに耳を傾けて
──今は動きたくない──
それも　いいかもね

ただでは起きない

転んだ時　どん底に落ちた時
チャンスが訪れている
何をつかんで起き上がろうか
こんなにつらい思いをしたんだから
大きい物つかんで起きてやる
強くなった自分
人の痛みがわかるようになった自分
大事な自分

救急病院

子供が転んだ
顔の下にはオモチャがあった
血が一杯でている
〝病院だぁー〟
鼻の下を5針縫った
〝おかあさーん〟って泣いている
調子が悪くなってからというもの
自分の事しか考えていなかった
冷水を頭からかぶったように目が覚めた
〝おかあさんがついてるから大丈夫〟
久しぶりに心から母になった
ごめんね
本当に不安だったのは　君だったのかもしれない
本当にごめんね
お母さんを助けてくれてありがとう
お母さんに戻れたよ

私について

人より多く傷ついて

人より多く涙して

でも　人より多く感動して

これが私の人生

感受性の強さは

嫌な思いも沢山したけど

夕日を見て泣けてきたり

童話を読んで胸が熱くなったり

忙しい心の動きも

涙の量も

きっと私の宝ものだ

感受性に負けてなんていられない

そのままの真実

今の不安を考える

先の不安を考える

先の不安の方がはるかに多い

先の事なんて誰にもわからないのにね

1分後のことだってわからない

今居る事実

生きてる事実

それだけで十分かな

明日の事は明日になるまでわからない

予定変更

須磨海岸は一杯で

舞子の海も一杯で

明石まで来てしまった

予定が変るのも悪くない

海のむこうに大橋が見える

須磨だったら見えなかった景色

人生と同じだね

不安症になって不思議な景色を沢山見た

つらかったけど悔やんでないよ

色んな自分見えたから

弱くて　ダメな人間だけど

フラフラしながらここまでこれた

振り返ると結構進んでる

何とかここまでこれたじゃない

心配しないで

ねえ知ってる？
私本当は　そんなに〝いい子〟じゃないよ
心の中で悪い事一杯してたよ
ねえ知ってる？
私　そんなに　明るくない
心の中は　いつも孤独だったよ
でもそんな　私
誰も愛してくれないでしょう
だからね
一生懸命　明るくいい子にしてたの
だって　愛してほしかったから

色んな自分殺してきた
でも　そんな自分に　ちょっと疲れちゃった
心の中で　ダメな自分全部殺したけど
死なないし　なくならないよ
みんな　ちょっと　隠れてるだけ
ごめんね
みんな　でておいで
これからは
みんな仲良く　生きて行こう
誰も愛してくれなくても
私がちゃんと愛してるから

sister

色々な事を引き受けて
まるごと全部持ち上げて
笑って前だけ向いている
あなたを誇りに思います。
生きていると　つらい事も一杯あるね
でも　その後に来る喜びは
だからこそ　大きいって事
あなたが教えてくれました
その事を知っていれば
つらさもきっと乗り越えられる
そうやって乗り越えた沢山の夜
それが　あなたの財産ですね
それが　あなたの強さですね
あなたを誇りに思います

欲しいもの

過去に悔やんだり

今を嘆いたり

未来に不安だったり

１つしかない頭の中で

グルグルと色んな事考えても

たどり着く所はただ１つ

　〝愛してほしい〟

無条件に

　　愛してほしい

ダメな自分も　いい子の自分も

まるごと全部

　　愛してほしい

Father

いつも　あなたは居なかった
ゴルフに会議に飲み会に
振り返る事もなく
立ちどまる事もなく

少し年を取りましたね
孫を見て目尻を下げて
私にはくれなかった顔を
私の子供に惜しみなく
少し年を取りましたね

お酒が好きで　遊びが好きで
人当たりが良くて
自分勝手で…

体　大切にして下さい
長生きして欲しいと　最近本当に思います

私も年を取りました

耳にタコ

苦労話のその先に
今の自分を肯定して
何度も何度も同じ話
耳にタコができそうです
苦労や努力はすごいけれど
得意満面のあなたはすごくない
苦労の自分に　哀れんで
今の自分にうっとりしてる
本当にすごい人は口には出さない
だけど　オーラがでてるから
人は〝すごい〟と思うのです

そのままで

強さを誇示する人

肩書きを誇示する人

お金を誇示する人

みんな自分に自信がないんだなぁ

色んな　よろい　つけて

精一杯　強がって

見ていて　ちょっと　やるせない

もういいよ

何も持たずに生まれてきて

何も持たずに死んでいくんだから

だから人間は

美しいのだから

御　飯

御飯がおいしい
すごいなぁ
おいしいって思えるようになったんだ
そう思ったら涙がでた
不思議顔で子供が見てる
「御飯おいしいねぇー」
涙声で言った
何ヵ月ぶりだろう
おいしいなぁ
おいしぃょー
7月18日
今日は　御飯がおいしい日

背中に

寂しいなぁと思う事がある
理由もなく思う
きっと大人になると
色んな寂しさを抱えてるんだ
色んな事情を背負ってる
だから　電話しちゃうのかな
心の中の寂しさなんて埋まらないのに
人に言ったって埋まらないのに
お酒に走ってみる人もいれば
薬なんていうのもあるし
宗教だったり
みんな　心の寂しさ埋めたいんだね
何にも頼らず
全部背負って生きていけたら
それはきっと
いさぎよい人だよね
強い人だよね

私の親友

〝頑張って〟とは決して言わない
おせっかいもしない
私が助けを求めるまで
その事には一切ふれない
愛想もない
素っ気もない
でも　信じてくれてる
認めてくれてる
わかってくれてる
かなわないなぁって思う
腹立つこともあるけど
私の親友は
あなた以外に浮かばない

ねぇ　知ってる？
どれだけ　私の救いになってるか
あさっての事ばかり話して
　"ケ・セラ・セラ〜"なんて歌ってるあなたが
私の支えになってる事
きっと馬鹿みたいに驚くよね
　"頑張って"って言わないから
　"頑張ろう"って思うんだよ

生きるという事

精一杯　生きようと思う

幸せでいようと思う

でも　人の幸せの固定観念には縛られたくない

私の幸せ

私の家族の幸せ

お金が無くても

病気でも

心だけは健康でありたい

そうすればきっと

色んな物が後からついてくる

打たれても　転んでも

笑って立ち上がろう

作り笑いでもいい

笑って立ち上がろう

遊ぼう

遊ぼうか

育児でイライラした時

全部投げだして

子供に戻って　子供と遊ぼう

オモチャ取り合ったり

お母さんである事忘れて

少しだけ昔思いだしてさ

こうやって遊んでたよね

掃除も洗濯も料理も

大丈夫　大丈夫　さぼろうよ

ウサギの絵書いたら喜ぶよ

粘土で果物作ろうよ

キャッキャッ言って転げて遊ぼう

子供もうれしい

私もうれしい

かいじゅう

よだれを垂らして
何でも口に入れて
眠りたい時は泣いて
甘えたくなっては怒って
大きなオムツのお尻ゆらして
今日も奴はわがもの顔
本能だけで生きている
好かれようなんて思ってない
うれしい時は体一杯で喜んで
三頭身半の体で
目につくものは手あたりしだい
腹立ちながら　救われている
私の顔色うかがわないのは
君だけだよ　My baby

おまじない

〝そんな時もあるよね〟
どん底で言ってみよう
　〝人間だもん〟
何回も言ってみよう
忘れないで下さい
悪い事があるから
いい時が輝くんです
人生って　そういうものなんです
時間かかってもいいじゃない
八方ふさがり　先が見えなくて
涙がでて　うろたえて
私もそうだったよ
でも大丈夫
ちゃんと先が見えてくるから
先が見えた時
前よりもっと　好きな自分がいるから

キライな人

約束を守らない人
言い訳ばかりの人
投げやりの人
お金にだらしない人
幸せになろうとしない人
人まかせの人
損得で人と付き合う人
お礼が言えない人
自分の不幸を人のせいにする人
目を覚ましてね
幸せが遠のくのは自分の責任です

傷ついた人達へ

お元気ですか？
少しは元気になったでしょうか
何かを感じたでしょうか
人を生きるのは難しいですね
私も思いっきり転びました
例えるなら
歩いていると上から石が落ちてきて
頭に落ちてそのまま足の甲に直撃して
頭もガンガン歩く事もできないという感じでした
ワケのわからないまま痛んでいるという感じでした
今は　元気です
私にあるのは４人の家族　それだけですが
前より　幸せです
　　まだ　会いたくないけれど
いつか会いたいですね
私を恨んでください
そして　恨みあきたら必ず前に進んで下さい
必ず　必ず　進んで下さい

キライな言葉

〝私さえガマンすれば〟
と、さめざめと泣く人がいる
なんの同情も感じない
自分がガマンすれば　周りは幸せになれるんだろうか
人のガマンの上に成り立っている幸せなんて
あるのだろうか
自分の幸せはどうでもいいのだろうか
私は嫌だ
自分の幸せのために一時誰かを傷つけても
自分の幸せをつかみたい
私は　幸せになるために生きている
傷ついた人だって　悔しかったら幸せになればいい
今度は人の手を借りずに…
人はそんなに弱くない
どん底から這い上がる力は
みんな持ってる

弱音

もう　ダメだ
一歩も前に進めない
足が動かない
無気力だ
ヘナヘナと座りこんで
ただじーっと空を見つめて
薄ら笑ってみたり　ちょっと泣いてみたり
こんな事くらいは
人生に何度かあるよ
腹が立つのを通りこして
やるせなさとか情けなさとか
そんなものに負けそうになる
白旗揚げよう
〝私の負けです、負けました、助けてください〟って
びっくりするくらい　色んな人が
助けてくれるよ
弱音も吐こうよ　人間だもの

自律神経の直し方

なかなか直らないと思うと直らない
かと言って
絶対直すぞ　と　いきごんでも直らない
でも　色々経験して　もがいて
最後は　力が抜ける
　〝なるようにしかならないか〟
　〝仕方ないか〟
　〝まあ、そのうち直るよね〟
こう思えたら　しめたもの
もう半分直ってる
何度も　Ｂｉｇ　ｗａｖｅがくるけどね
そのたびに落ち込んで　その後　また　力が抜ける
何回、何十回やってけば
まぁ　直るよ
そのうち　自然体の自分に気付く
前より　ちょっといいじゃない
大丈夫だよ　直るからね

歩こう

失ったものと

残っているものと

手にしたものを比べてみる

――私の勝ちだ――

残ったものは　夫と子供2人

そして　健康体

すばらしいではないか

手にしたものは

目に見えない　たくさんのもの

大満足だ

前を見ると無限に広がる可能性

もう後ろは見ない

4人で手をつないで歩いて行こう

どんなにつらくても

4人なら平気だね

神　様

居ると信じている神様

あなたは　時々　荒療治をしますね

たくさん苦しみました

本当につらかった

一生分の涙を流しました

でも

ありがとう神様

たくさんの出会い

たくさんの愛

色んな形で教えてくれた

生きる事のすばらしさ

生きてるってすごいね

　〝生きてるぞーっ〟って　大声で叫びたい

だって私は今　ちゃんと生きてる

そして　生きてることを喜んでいる

あとがき

「あなたは、本当は、とっても、幸せなのよ」
　カウンセリングの最終の日に、カウンセラーの方が私に言った言葉です。
　自律神経が狂い、不安神経症、恐怖症、そして最後はうつ状態にまでなりました。
　神経内科に通いながら、それと並行して週に一度のカウンセリング、私にとってこの数ヶ月は涙が枯れるほどつらく、そして、とても価値ある意味深い月日でした。
　世間では、まだまだ特別視される病気です。それ故、この病気にかかった人は、どんどん内にこもるようになるのだと思います。
　私の詩は、カウンセリングの中で、そして催眠の中で、心の無意識が私に教えてくれた言葉たちです。
　沢山の愛の中で育った私。
　なのに私は、傷付いた多さを数えていた。
　でも、私の無意識はちゃんと知っていた。
　私が〝幸せ〟だという事。こんなにも、愛されているという事。

　この事を気付かせてくれた、西宮のさくらい健康心理オフィスの櫻井佐紀子先生、本当にありがとうございました。
　そして、私の苦しみを、何も言わずに見守っていてくれた主人。
　こんな私を、母として選んできてくれた子供達。
　　　愛しています。ありがとう。

　そして、今、この病気で苦しんでいる人達、一人でがんばらないでね。
　大丈夫。必ず直るから。
　そしてもっともっと、素敵な自分に会えるから。

　　　沢山の愛を込めて　　　　　　　　　　　　　　竹井　陽子

著者プロフィール

竹井 陽子 (たけい ようこ)

1972年生まれ。北海道石狩郡当別町出身。
札幌聖心女子学院英語専攻科卒業。
現在は夫、3歳・1歳の男の子の4人家族で神戸市在住。

幸せのおまじない

2001年2月15日　初版第1刷発行

著　者　竹井陽子
発行者　瓜谷綱延
発行所　株式会社　文芸社
　　　　〒112-0004　東京都文京区後楽2-23-12
　　　　電話　03-3814-1177（代表）
　　　　　　　03-3814-2455（営業）
　　　　振替　00190-8-728265

印刷所　株式会社フクイン

乱丁・落丁本はお取り替えします。
ISBN4-8355-1347-9 C0092
©Yoko Takei 2001 Printed in Japan